W. G. Sebald

NACH DER NATUR

Ein Elementargedicht

Carl Hanser Verlag

1 2 3 4 5 19 18 17 16 15

ISBN 978-3-446-24768-0

Druck und Bindung: CPI Books GmbH, Leck
Printed in Germany

FSC
www.fsc.org
MIX
Papier aus verantwortungs-
vollen Quellen
FSC® C083411

WIE DER SCHNEE AUF DEN ALPEN

Or va, che un sol volere è d'ambedue:
tu duca, tu signore e tu maestro.
Così gli dissi; e poi che mosso fue,
entrai per lo cammino alto es silvestro.

Dante, Inferno, *Canto II*

I

Wer die Flügel des Altars
der Pfarrkirche von Lindenhardt
zumacht und die geschnitzten Figuren
in ihrem Gehäuse verschließt,
dem kommt auf der linken
Tafel der hl. Georg entgegen.
Zuvorderst steht er am Bildrand
eine Handbreit über der Welt
und wird gleich über die Schwelle
des Rahmens treten. Georgius Miles,
Mann mit eisernem Rumpf, erzen geründeter
Brust, rotgoldnem Haupthaar und silbernen
weiblichen Zügen. Das Antlitz des unbekannten
Grünewald taucht stets wieder auf
in seinem Werk als das eines Zeugen
des Schneewunders, eines Einsiedlers
in der Wüste, eines Mitleidigen
in der Münchner Verspottung.
Zuletzt im Nachmittagsschimmer
der Erlanger Bibliothek scheint es hervor
aus einem mit weiß gehöhter Kreide angelegten,
später mit Feder und Tusche von fremder
Hand zerstörten Selbstbildnis eines vierzig-
bis fünfzigjährigen Malers. Immer dieselbe
Sanftmut, dieselbe Bürde der Trübsal,
dieselbe Unregelmäßigkeit der Augen, verhängt

und versunken seitwärts ins Einsame hin.
Auch kehrt Grünewalds Gesicht wieder
in einem Basler Bild des jüngeren
Holbein, das eine gekrönte Heilige zeigt.
Es seien dies merkwürdig verstellte
Fälle von Ähnlichkeit, schrieb Fraenger,
dessen Bücher die Faschisten verbrannten.
Ja, es scheine, als hätten im Kunstwerk
die Männer einander verehrt wie Brüder,
einander dort oft ein Denkmal gesetzt,
wo ihre Wege sich kreuzten. Darum wohl
auch in der Mitte des rechten Flügels
des Lindenhardter Altars in Besorgnis
den Blick auf den Jüngling auf der anderen
Seite gerichtet jener ältere Mann, dem ich selber
vor Jahren einmal an einem Januarmorgen
auf dem Bamberger Bahnhof begegnet bin.
Es ist der heilige Dionysius,
das abgeschlagene Haupt unterm Arm.
Ihm, seinem erwählten Protektor,
der inmitten des Lebens seinen Tod
mit sich führt, gibt Grünewald das Ansehen
Riemenschneiders, dem der Würzburger Bischof
zwanzig Jahre darauf auf der Folter
die Hände zerbrechen ließ. Lang vor der Zeit
geht der Schmerz bereits ein in die Bilder.
Das ist die Vorschrift, weiß der Maler,
der sich einreiht auf dem Altar
in die viel zu geringe Genossenschaft
der vierzehn Nothelfer. Sie alle, die heiligen

Blasius, Achaz und Eustach; Pantaleon,
Aegidius, Cyriax, Christophorus und
Erasmus und der wirklich wunder-
schöne heilige Veit mit dem Hahn,
schauen ein jeder in eine andere
Richtung, ohne daß wir verstünden,
warum. Die drei Nothelferinnen
Barbara, Katharina und Margarethe hingegen
stecken am Rand der linken Tafel
hinter dem Rücken des Georg ihre
gleichförmigen orientalischen Köpfe
zu einer Verschwörung gegen die Männer
zusammen. Auch das Unglück der Heiligen
ist ihr Geschlecht, ist die furchtbare
Separation der Geschlechter, die Grünewald
am eigenen Leib erfuhr. Der ausgetriebene
Teufel, den Cyriax, nicht bloß aufgrund
der Enge des Raumes, sondern
wie ein Emblem hoch in die Luft
erhoben hält, ist ein weibliches
Wesen und stammt, wie eine Grisaille
Grünewalds im Frankfurter Städel aufs drastischste
vorführt, aus der epileptischen Tochter
Diokletians, der verzwängten Prinzessin
Artemia, die Cyriax, neben dem sie kniet
an der Erde, mit dem Manipel seines Ornats
wie einen Hund kurz gebunden hält.
Vordrängend über den beiden das Gezweig
eines Feigenbaumes mit Früchten, von denen
eine von Insekten ganz ausgehöhlt ist.

II

Wenig ist bekannt über das Leben
des Matthaeus Grünewald von Aschaffenburg.
Der erste Bericht über den Maler
in der *teutschen Academie* des Joachim von Sandrart
aus dem Jahr 1675 beginnt mit dem Verweis, der Autor
wisse nicht einen Menschen bey leben,
der über die ruhmwürdige Hand eine Schrift
oder mündliche Nachricht geben könne.
Dem Zeugnis Sandrarts dürfen wir trauen,
denn ein Bildnis in einem Würzburger Museum
hat ihn bewahrt, zweiundachtzigjährig,
hellwach und von seltener Klarheit des Blicks.
Mit liecht in grau und schwarz
habe Matthaeus die äußeren Flügel
des von Dürer gefertigten Altars
von der Himmelfahrt Mariae
in dem Prediger Closter zu Frankfurt gemahlt
und also ungefehr 1505 gelebet.
Absonderlich merkwürdig sei die von ihme
mit Wasserfarben gebildete Verklärung
Christi auf dem Berg Thabor, insonders
eine verwunderlich schöne Wolcke,
darinnen, über die in Furcht ganz verzuckte
Apostel, Moyses und Elias erscheinen,
selzamkeit halber von nichts übertroffen.
Dann seien im Domm zu Maynz

drey Altar-Blätter in und auswendig
gemahlt gewesen, eines davon vorstellend
einen blinden Einsiedler, der mit seinem Leitbuben
über den zugefrorenen Rheinstrom gehend
auf dem Eis von zween Mördern überfallen
und zu todt geschlagen wird. Anno 1631 oder 32
sei dieses Blatt in dem damaligen wilden Krieg
weggenommen und nach Schweden versandt worden,
aber durch Schiffbruch neben vielen
andern dergleichen Kunststücken
in dem Meer zu Grund gegangen.
In Isenheim ist Sandrart nicht gewesen,
hat aber gehört von dem Altarwerk, das,
schreibt er, so gestalt sei, daß das wahre
Leben nicht anderst thun könnte, und wo,
anscheints, ein S. Antonio mit artig
ausgebildete Gespenster vorkomme.
Außer einem Johannes mit zusammengeschlagenen Händen,
dessen er, Sandrart, als er seiner Zeit in Rom
des Papsts Contrafät machte, ansichtig wurde,
sei dies mit Gewißheit alles, was nicht verschollen
von der Arbeit des Aschaffenburger Malers,
von dem ihm sonst nur bewußt, daß er sich meistens
in Maynz aufgehalten, ein eingezogen
melancholisches Leben geführt und
übel verheurathet gewesen.

III

Lang ist bekanntlich die Tradition
der Verfolgung der Juden, auch
in der Stadt Frankfurt am Main.
Um 1240 sollen 173 von ihnen
theils erschlagen worden, theils
eines freiwilligen Todes in den Flammen
gestorben sein. Im Jahr 1349
machten die Geiselbrüder ein großes
Massaker im Judenquartier. Wieder
besagen die Berichte, daß die Juden
sich selber verbrannt hätten
und es nach der Feuersbrunst
möglich gewesen sei, vom Domhügel
bis nach Sachsenhausen zu sehen.
Nur zögernd kehrten darauf
die Juden nach Frankfurt zurück.
In der Mitte des 15. Jahrhunderts
wird eine Kleiderordnung erlassen,
gelbe Ringe vorn auf dem Rock,
später ein grauer Kreis von der Größe
eines Apfels, zur Verhinderung jeder
fleischlichen Verbindung zwischen
Christen und Juden, auf die lang
noch die Strafe des Todes stand.
Dann wird auf Kosten des Frankfurter
hohen Rats und im Zuge der bürgerlichen

Ordnungswaltung und der damit fortschreitenden
Reform und Hygienisierung den Juden
am Wollgraben ein eigenes Ghetto gebaut,
vierzehn Häuser und eine neue Synagoge.
Zu Grünewalds Zeit sind es nachweislich
dreiundzwanzig Häuser, und bald zählte
der Bezirk, ohne daß die Grenzen
erweitert wurden, dreitausend Bewohner.
Nachts, am Sonntag um vier schon,
werden sie eingeschlossen, und
gehen dürfen sie nirgends,
wo ein grüner Baum wächst,
weder auf dem Scheidewall
noch im Roß, noch auf dem Römerberg
oder in der Allee. In diesem Ghetto
war das Judden Enchin zuhause gewesen,
eh sie, wenige Monate vor der Feier
der Hochzeit mit Mathys Grune,
dem Maler, auf den Namen
der heiligen Anna getauft wurde.
In das große Buch über den historischen
Grünewald, das Dr. phil. W. K. Zülch
im Jahr 38 zu Hitlers Geburtstag
in alter Schwabacher Type vorlegte,
hatte sich die Geschichte von
dieser außerordentlichen Verbindung
nicht einordnen lassen. Grünewald
wird das, wie es heißt, in seiner Schönheit
auffällige Kind bemerkt haben, wenn es
auf dem Weg durch das Brückchentor

und die Predigergasse an seinem Arbeitsplatz
unmittelbar außer dem Ghetto vorbeikam.
Daß aber er die ihm ein Jahr später
angetraute Anna zum Wechsel
des Glaubens bewegt hat, dafür
findet sich nirgends ein Anhalt.
Vielmehr scheint es, sie selber
habe sich den zu jener Zeit
von besonderer Entschlußkraft
oder Hoffnungslosigkeit zeugenden
Schritt dadurch erleichtert,
daß sie dem Maler mehrfach
in die Augen sah, vielleicht zuerst
sich auch bloß in seinen grünfarbenen
Namen verliebte, was dem ledigen
Meister, der inzwischen die Mainzer
Hofmalerstelle zugunsten des großen
Isenheimer Auftrags abgegeben hatte,
nicht ungelegen gekommen sein wird,
denn ohne einen eigenen Hausstand
konnte er keinen Helfer oder
Gesellen in Stellung nehmen.
Als Grünewald am 17. Dezember 1512
ganz in der Nähe des Doms
für dreiundzwanzig Gulden
zwölf Schilling ein Haus kauft,
hat er, wie das Protokoll vermerkt,
schon die getauft Annen zur Ehe.
Die vielbewunderte junge Proselytin,
die für die Frankfurter christliche

Gesellschaft, von der sie zur Taufe
bereits mit Geschenken überhäuft worden war,
eine wahre Errungenschaft darstellte,
hätte Grünewalds Glück machen können.
Wenn es anders gekommen ist, lag das
zum einen daran, daß der Maler,
der späterhin eingezogen und fast
im Untergrund lebte, selber die Anerkennung
durch diese Gesellschaft hintertrieb,
und daß er zum andern, wie seine Bilder
erweisen, ein besseres Auge hatte für Männer,
deren Gesichter und ganze Körperlichkeit
er mit unendlicher Hingabe ausführte,
während die Frauen meist alle verhüllt sind
und ihn somit der Angst entheben,
genauer sie ansehn zu müssen.
Vielleicht ist die Grünewald Anna
darum händelsüchtig, krank, ein Opfer
der bösen Vernunft, des Kopffiebers
und des Wahnsinns geworden.
Bis auf Bessrung wird sie schließlich
ins Spital eingeliefert, wo sie
zum Zeitpunkt des Todes
des Malers noch ausharrt
in der Schwachheit ihres Leibs.

IV

Im Chicagoer Art Institute
hängt das Selbstbildnis eines unbekannten
jungen Malers, das im Jahre 1929 aus Schweden
in den Frankfurter Kunsthandel kam.
Das kleine Ahorntäfelchen zeigt
einen kaum Zwanzigjährigen
in einer engen Stube am Fenster.
Hinter ihm, auf einem in der Perspektive
nicht ganz richtigen Bord, Farbnäpfe,
ein Reibstift, eine Muschel und ein kostbares
Venezianer Glas mit einer durchsichtigen Essenz.
Ein schön geschnitztes beinernes Messer
hält der Maler in seiner Hand und schneidet
die Reißfeder, um alsbald weiterzuzeichnen
an dem Akt einer Frau, welcher vor ihm
neben dem Tintenfäßchen liegt.
Durchs Fenster zu seiner Linken sichtbar
ist eine Landschaft mit Berg und Tal
und dem Band eines Wegs. Dieser sei,
philosophiert Zülch, der Weg in die Welt,
und kein anderer sei ihn gegangen
als der spurlos verschwundene Mann,
dem seine Nachforschung gilt und dessen Kunst
er in dem anonymen Bild zu erkennen vermeint.
Die Bewandtnis mit der Signatur M. N.
über dem Rahmen des Fensters sei die,

daß sich der in den Archiven entdeckte,
durch eigene Arbeit sonst aber nicht nachweisliche Maler
Mathis Nithart hinter dem Namen Grünewald verberge.
Darum die Initialen M. G. und N. auf dem Schnee-
Altar in Aschaffenburg, darum die durch den Unterschied
des Alters besonders merkwürdige Identität
des jungen Malers mit dem Isenheimer
von Pfeilen durchbohrten Sebastian.
Und in der Tat geht die Figur des Mathis Nithart
in den Dokumenten der Zeit in einem Maß
in die Grünewalds über, daß man meint,
der eine habe wirklich das Leben
und zuletzt gar den Tod
des anderen ausgemacht.
Eine Röntgenaufnahme der Sebastianstafel
bringt hinter dem elegischen Porträt
des Heiligen nochmals dasselbe Gesicht
zum Vorschein, das Halbprofil
in der endgültigen Übermalung nur
um ein winziges weiter gewendet.
Hier haben zwei Maler in einem Körper,
dessen verletztes Fleisch ihnen beiden gehörte,
ihre Natur ausstudiert. Zuerst hat Nithart
aus dem Spiegel sein eigenes Bildnis
gefertigt, und Grünewald hat es dann
mit großer Liebe, Genauigkeit und Geduld
und einem bis in die blauen Bartschatten
hineingehenden Interesse an der Haut
und am Haar seines Genossen übermalt.
Das dargestellte Martyrium ist die

noch an den Wundrändern spürbare
Repräsentation einer Männerfreundschaft,
schwankend zwischen Entsetzen und Treue.
Nicht auszuschließen, daß Nithart,
der auch Wasserkunstmacher gewesen ist,
in späteren Jahren der Verwechslung seiner Person
mit dem zunehmend leutscheuen Isenheimer
Meister Vorschub geleistet hat, daß er
vielleicht das Zwischenglied war
zwischen ihm und der ihm durch sein Unglück
unzugänglich gewordenen Welt. Um 1527,
etwa zwölf Jahre nach der Arbeit im Elsaß,
ist Nithart von Frankfurt, wo er das Leben
Grünewalds noch eine Zeitlang geteilt
haben muß, nach Halle gegangen,
um für die berühmten Salzquellen
der Stadt eine Wasserkunst anzulegen,
ein hochkompliziertes Mühlen- und
Röhrensystem so wie das am Main
zu Aschaffenburg, das ein herrliches
Räderwerk war und Schaustück.
Es heißt aber, daß Nithart in Halle
nimmer viel ausgerichtet und oft
die Wohnung gewechselt habe. Im Sommer
des achtundzwanziger Jahrs ist er in eine tiefe
Depression versunken, und dann scheint der Tod
schnell an ihn herangetreten zu sein.
Der Frankfurter Magistrat verordnet
nach Eintreffen der Nachricht vom Ableben
Nitharts die Registrierung des Hausrats

in seinem Atelier. Die lange Liste umfaßt
eine Ansammlung verschiedenster Dinge:
Löffel und Musschüsseln, Seifenkessel,
Treibriemen fürs Wasser, fünfzehn
wiß geledert Gaißfell, Silbertaler
und Kupfermünzen aus Schwaz im Tirol,
Bücher, Aufrufe, Schriften und viele
lutherische Drucke, alles das überstrahlt
von der Pracht eines einzigartigen
Farbenlagers: blywyß und albus,
parißrot, cinober, schyfergrün,
berkgrün, alchemy grün, blauen
Glasflüssen und Mineralien
aus dem Morgenland. Kleider auch,
schöne, item ein golt gel par hossen,
röcke negelsfarb, der uffschlag mit sammet
belegt und purpurianisch mit swartz maschen,
ein gra atlas wams, ein rot schlap hut
und vielerlei preziose Ausrüstung mehr.
Der Nachlaß ist in Wahrheit der zweier Männer,
ob aber Grünewald, der Erfinder der Farben,
die Vorliebe des abgewichenen Freundes
für einen bunten Aufzug geteilt hat,
wissen wir nicht zu sagen.

V

Da, wo von Straßburg die große Heerstraße
zur burgundischen Pforte, dem Zug
der Vogesen nach Süden folgend,
den aus dem Gebweiler Quertal
tretenden Lauterbach kreuzt,
liegt das Dorf Isenheim.
Hier erwarben die regulierten
Chorherrn, deren legendäre Ordensgeschichte sich
auf den Anachoreten Antonius den Eremiten zurückschreibt,
der im Jahr 357 in der thebaischen
Wüste sein Leben verließ,
von den Murbacher Kluniazensern
um 1300 Grund und Boden,
um ein Antoniterspital zu begründen
zur Remedur des im gesamten
Abendland grassierenden Antoniusfeuers,
einer Infektion des Blutes, die
zu einem Abfaulen der Glieder führte
und neben der Lepra zu den fürchtigsten
Krankheiten des Mittelalters gehörte.
Als das Antoniusfeuer nach und nach
erlosch, nahmen die Antoniter auch andre
den Geist oder den Körper zersetzende Leiden
in ihren Bereich auf, so die Epilepsie
und die seit 1490 in verheerendem Ausmaß
auftretenden sogenannten Lustseuchen.

Die Behandlung der bei ihrer Ankunft
im Spital meist schon halb zerstörten
Kranken ging dahin, daß sie
als hieratische Zeugen des Bösen
zuerst vor den Altar im Chorschiff geführt,
auf den Namen Märtyrer Gottes getauft und so,
gewissermaßen und trotz und samt ihrer Perversion,
in den Umkreis des Heils gebracht wurden. Dabei
geschah es nicht selten, daß von der in den Schrein
des Altars eingelassenen Reliquie St. Antonii
tatsächlich ein Wunder ausging oder daß
die zum Teil entsetzlich Entstellten später
ihres Elends ledig wurden durch wiederholte
Applikation des Saint Vinage, eines Elixiers,
das die Chorherrn alljährlich am Tag der Auferstehung
im Kloster Saint Antoine de Viennois
bei Saint Marcellin an der Isère gewannen
durch Übergießen der dort verwahrten
Gebeine des St. Antonius mit Wein.
Diese zweifach geläuterte Flüssigkeit
wurde von Boten des Klosters vertrieben
landauf und landab, und es haben mit ihr
die Bauern dasjenige Schwein bekreuzt,
das in ihrem Stall die Schelle
des Heiligen umhatte, der ja auch
der Patron der Hirten und Herden war.
Was das Spital selber anging,
in dem von den zwölf Chorherrn
acht meist unter einem Lektor
Philosophie studierten,

so wurden die Rituale der Reinigung,
nach denen man mit den Kranken verfuhr,
zu einem über den Körpern dieser Kranken
ausgetragenen Kampf gegen die im Wahnsinn
sich herstellende Präsenz des Todes,
zu der grundsätzlichsten Auseinandersetzung
überhaupt, in welcher das Altarwerk,
das Guido Guersi, der Isenheimer Präzeptor,
bei Grünewald in Auftrag gab,
durch eine in den schönsten
und schauerlichsten Farben
ausgeführte Vergegenwärtigung
der Stunde der bleichen
Eitergewässer und somit durch
die Krafft und die Würckung
des Bildes eine zentrale therapeutische
Aufgabe zufallen sollte. Spätestens
mit dem Anfang der Arbeiten
in dem Elsässer Krüppelheim, wo das vielfältigste
Anschauungsmaterial dafür, wie der Mensch
in sich hineinkriecht oder aus sich
heraus will, versammelt war, wird Grünewald,
der ohnehin zu einer extremistischen Auffassung
der Welt geneigt haben muß, die Erlösung
des Lebens als eine vom Leben verstanden haben.
Nun ist das Leben als solches, so, wie es sich
furchtbarerweise fortwährend und überall
vollzieht, auf den Altarstufen, deren Figuren
dem Unheil des Daseins schon überhoben sind,
nirgends vorgestellt, es sei denn in jenem

irrealen und wahnwitzigen Getümmel,
das Grünewald um den von einem grausigen
Monstrum am Schopf über den Boden geschleiften
heiligen Antonius der Versuchung entwickelt hat.
Zuunterst in der linken Ecke kauert
der von syphilitischen Schwären
überzogene Leib eines Insassen
des Isenheimer Spitals. Darüber
erhebt sich eine doppelköpfige
und mehrarmig verzwitterte Kreatur,
im Begriff, dem Heiligen mit einem
Kieferknochen den Garaus zu machen.
Rechterhand ein stelzenbeiniges Vogeltier,
das mit menschlichen Armen
einen Prügel erhoben hält. Hinter
und neben diesem, gegen die Mitte des Bildes
ineinander verkrebst, haifisch- und lindwurm-
artige Rachen, Zahnreihen, aufgeworfene Nasen,
aus denen der Rotz rinnt, flossenförmige,
kaltlappige Flügel, Haar und Hörner,
Haut wie nach außen gekehrtes Gekröse,
Auswüchse des ganzen Lebens,
in der Luft, zu Land und im Wasser.
Dieses ist ihm, dem Maler, die Schöpfung,
Bild unserer irren Anwesenheit
auf der Oberfläche der Erde,
einer in abschüssigen Bahnen
verlaufenden Regeneration,
deren parasitäre, ineinander
verschlungene und in- und auseinander

gewachsene Formen eindringen
als ein dämonischer Schwarm
in die Ruhe des Eremiten.
Derart beschrieb Grünewald,
stillschweigend den Malpinsel führend,
das Geschrei, das Grölen, das Gurgeln
und das Geraune eines pathologischen Schauspiels,
zu dem er, und seine Kunst, wie er wohl wußte,
selber gehörten. Der panische Halsknick,
überall an den in Grünewalds Werk
vorkommenden Subjekten zu sehen,
der die Kehle freigibt und das Gesicht
hineinwendet oft in ein blendendes Licht,
ist der äußerste Ausdruck der Körper dafür,
daß die Natur kein Gleichgewicht kennt,
sondern blind ein wüstes
Experiment macht ums andre
und wie ein unsinniger Bastler schon
ausschlachtet, was ihr grad erst gelang.
Ausprobieren, wie weit sie noch gehen kann,
ist ihr einziges Ziel, ein Sprossen,
Sichforttreiben und Fortpflanzen,
auch in und durch uns und durch
die unseren Köpfen entsprungenen
Maschinen in einem einzigen Wust,
während hinter uns schon die grünen
Bäume ihre Blätter verlassen und
kahl, wie oft zu sehen auf Grünewalds
Bildern, hineinragen in den Himmel,
überzogen das tote Geäst von einer

moosig herabtriefenden Substanz.
Der schwarze Vogel, der dem heiligen
Antonius zu seinem Platz in der Wüste
im Schnabel die Brotzeit bringt,
ist vielleicht der immer schon
näher an uns heranfliegende
mit dem gläsernen Herz,
von dem ein anderer heiliger Mann
der letzten Tage verkündet,
er werde ins Meer scheißen,
so, daß es auskochen wird, daß
die Erde wackelt und die große Stadt
mit dem eisernen Turm im Feuer steht,
der Papst in einer Zille hockt
und die Finsternis kommt und
dort, wo das schwarze Kastl hinfällt,
ein gelber und grauer Staub
das Land überdeckt.

VI

Auf dem um 1505 entstandenen Basler Kreuzigungsbild
erstreckt sich hinter der Gruppe der Klagenden
eine so weit in die Tiefe hineingehende Landschaft,
daß unser Auge nicht ausreicht, sie zu ergründen.
Ein Stück brauner verbrannter Erde,
deren Umriß wie der Kopf eines Walfisches
oder Leviathans mit offenem Maul
die fahlgrünen Wiesenplane, Senken
und sumpfig schimmernde Breite
des Wassers verschlingt. Darüber,
verbannt hinter den Stufe um Stufe
düstrer und dunkler werdenden Horizont,
steigen die Hügel auf der Vorgeschichte
der Passion, sieht man das Tor
des Gartens Gethsemane, das Herantreten
der Häscher und die kniende Figur Christi
derart verkleinert, daß aus der Flucht
des Raumes spürbar wird
die sich überstürzende Zeit.
Wahrscheinlich hat Grünewald
die katastrophale Umnachtung,
die letzte Spur des aus dem Jenseits
einfallenden Lichts nach der Natur
gemalt und erinnert, denn im Jahr 1502,
als er in Bindlach, unterhalb des Fichtelgebirges,
an der Aufrichtung des Lindenhardter Altars arbeitete,

glitt zum 1. Oktober der Mondschatten
über den Osten Europas von Südpolen
über die Lausitz, Böhmen und Mecklenburg,
und Grünewald, der wiederholt mit dem Aschaffenburger
Hofastrologen Johann Indagine in Verbindung stand,
wird diesem von vielen mit großer Furcht
erwarteten Jahrhundertereignis der Sonnenverfinsterung
entgegengereist und Zeuge geworden sein
des heimlichen Wegsiechens der Welt,
in welchem ein geisterhaft Abendwerden
mitten im Tag wie eine Ohnmacht sich ausgoß
und im Gewölbe des Himmels,
über den Nebelbänken und den Wänden
der Wolken, über einem kalten und schweren
Blau ein feuriges Roth aufging und Farben
umherschweiften glanzvoll, wie nie
sie ein Auge gesehen und die der Maler
fortan nicht mehr aus dem Gedächtnis bringt.
Sie entfalten sich als die Rückseite
des Spektrums in einer anderen Beschaffenheit
der Luft, deren sauerstofflose Leere
uns in der Atemnot der Figuren
des Isenheimer Zentralstücks schon den Tod
durch Erstickung verheißt, wonach kommt
die Berglandschaft der Beweinung,
in der Grünewald mit pathetischem Blick
auf die Zukunft einen wildfremden
Planeten vorgebildet hat, kalkfarben
hinter dem schwarzblauen Strom.
Hier ist gemalt in schlimmer Erodiertheit

und Öde das Erbteil der Zerschleißung,
die zuletzt noch die Steine zerfrißt.
In Anbetracht dessen dünkt mich
die Eiszeit, das hellweiße
Turmgebäude der Gipfel im oberen
Bereich der Versuchung,
die Konstruktion einer Metaphysik,
und ein Schneewunder, wie jenes
im Jahr 352 es war, als es,
in der Höhe des Sommers,
geschneit hat
auf den Esquilin-
Hügel in Rom.

VII

Im Frühjahr 1525 ritt Grünewald
durch Aprillicht und Schauer
nach Windsheim, wo er
in der Werkstatt Jakob Secklers
ein kleines Gesprenge aus Weinlaub
und verschiedenen Vögeln
in Arbeit gegeben hatte.
Während Seckler die letzte Hand
an die Sache legte, geriet Grünewald
ins Gespräch mit Barthel und Sebald Beham,
Kupferstecher und Zeichner aus Nürnberg,
die, am 12. Jänner als gottlose Maler
verhaftet und wegen Ketzerei
aus ihrer Heimatstadt ausgewiesen,
vorläufig bei dem Windsheimer Meister logierten.
Die Brüder erzählten auf Spazierwegen
hinaus in die noch fehlfarbenen
Felder und bis tief in die Nacht
von dem in Nürnberg gewesenen Thomas Münzer,
der jetzt durch Schwaben nach dem Elsaß,
in die Schweiz und den Schwarzwald gegangen sei,
die Erhebung ausrichten. Denn die sechste
Posaune sei im Schwange, und es müsse
der arme Buchstabe ausgelassen werden
aus dem Maul. Klirrend komme
ein großes Pfingstfest,

die Füllung der Wasser
rücke vor, sprudelnd
vereinigten sich die Planeten
im Haus der Fische, der rote
Stern trete in Konjunktion
mit dem Saturn, dem Zeichen
der Bauern, und ein phantastisches
Feuer leuchte dann auf, wenn
in dieser nächst vermuteten Zukunft
ein notiger Hudler erkennbar werde
als der Messias Septentrionalis.
Grünewald sagte, einmal, zur Zeit
seiner Kindheit, er sei sechs oder
sieben gewesen, habe der Pauker
von Niklashausen mit Versprechung
irdischen Glücks für die Ärmsten
das Volk aufgerührt. Fünfzigtausend
seien ihm täglich zugezogen, sein Bethaus
habe sich angefüllt mit riesigen Schätzen,
und das sei eine Zeit so gegangen,
und dann habe man ihn zum Schauspiel
des Pöffel in Würzburg geröstet.
Ich seh schon, fuhr er fort,
unter dem Regenbogen, den ihr überm Land
aufgehen seht, die Reiter
hervorrücken aus ihrem Lager.
Bruder, sprach er, wie sie entlang
der Windsheimer Wälder gingen,
ich weiß, der alte Rock reißt,
und fürchte mich

vor der Neige der Zeit.
Mitte des Mai, Grünewald
war mit seinem Gesprenge
in Frankfurt zurück, war
das Korn weiß zur Ernte,
zog die geschärfte Sichel
durch das Leben eines Heers von fünftausend
in der sonderbaren Schlacht von Frankenhausen,
in der kaum ein Reisiger fiel,
die Leiber der Bauern aber
zur Hekatombe sich türmten,
weil sie, als wären sie wahnsinnig,
sich weder zur Wehr setzten
noch anschickten zur Flucht.
Als Grünewald am 18. Mai
diese Nachricht erreichte,
ging er nicht mehr außer Haus.
Er hörte aber das Augenausstechen,
das lang noch vorging
zwischen dem Bodensee
und dem Thüringer Wald.
Wochenweis trug er damals
eine dunkle Binde
vor dem Gesicht.

VIII

Mit dem Maler zu Pferd,
manchmal auch auf dem Karren
zuoberst sitzt ein neunjähriges Kind,
das eigene, wie er mit Verwundrung
bedenkt, in der Ehe mit Anna gezeugte.
Es ist ein sehr schöner Weg, dieser letzte,
im September des Jahrs 1527, dem Wasser entlang
durch die Täler. Die Luft bewegt das Licht
zwischen den Blättern der Bäume, und von den Anhöhn
sehen sie auf das ringsum ausgebreitete Land.
Bei der Rast an den Steinen lehnend,
spürt Grünewald in sich sein Unglück
und das des Wasserkünstlers in Halle.
Wie die Stare treibt der Wind uns
zum Flug zur Zeit der Einkehr
der Schatten. Was bleibt, bis zuletzt,
ist die aufgetragene Arbeit. Im Dienst der Familie
Erbach in Erbach im Odenwald wendet der Maler
die noch übrigen Jahre an ein Altarwerk,
Kreuzigung abermals und Beweinung,
die Entstellung des Lebens geht langsam
vonstatten, und stets zwischen dem Blick
des Auges und dem Anhub des Pinsels
legt Grünewald jetzt eine weite
Reise zurück, unterbricht auch viel öfter,
als er sonst gewohnt, den Fortgang der Kunst,

um sein Kind in die Lehre zu nehmen
in der Werkstatt und draußen im grünen Gelände.
Was er selbst dabei lernte, ist nirgends berichtet,
nur daß das Kind im Alter von vierzehn Jahren
aus unbekannter Ursach auf einmal
gestorben ist und daß der Maler es
nicht um viel überlebte. Späh scharf voran,
dort siehst du im Grauen des Abends
die fernen Windmühlen sich drehn.
Der Wald weicht zurück, wahrlich,
in solcher Weite, daß man nicht kennt,
wo er einmal gelegen, und das Eishaus
geht auf, und der Reif zeichnet ins Feld
ein farbloses Bild der Erde.
So wird, wenn der Sehnerv
zerreißt, im stillen Luftraum
es weiß wie der Schnee
auf den Alpen.

UND BLIEB ICH
AM ÄUSSERSTEN MEER

... Immer steigender hebst, Woge, du dich!
Ach! die lezte, lezte bist du! das Schiff geht unter!
Und den Todesgesang heulet dumpf noch fort,
Auf dem großen, immer noch offnen Grabe, der Sturm!

Friedrich Gottlieb Klopstock
Die Welten, *Im Febr. 1746*

I

Der aus Windsheim in Franken
gebürtige Georg Wilhelm Steller
stieß im Verlauf seines Studiums
an der Universität Halle wiederholt
auf die in die Intelligenzblätter eingerückte Nachricht,
daß die russische Zarin Anstalten treffe,
im Zuge der Erweiterung ihres Reichs
eine Expedition von noch nie dagewesenem Ausmaß
unter dem Oberkommando des Vitus Bering,
dessen Kopf zirka zweieinhalb Jahrhunderte später
zu unserem Entsetzen noch einmal
in der Literatur auftaucht,
an die pazifischen Küsten zu entsenden,
damit von dort aus der Seeweg
nach Amerika in Erfahrung gebracht werde.

II

Bilder von dieser Entdeckungsreise
verdichteten sich in der Phantasie Stellers,
der, als Sohn eines Kantors mit einer schönen
Tenorstimme begabt und einem christlichen
Stipendium versehen, zunächst
in Wittenberg gewesen, dann aber
der Theologie abtrünnig geworden und
zur Naturwissenschaft übergelaufen war,
allmählich derart, daß er während der Disputationen,
die er auf das glänzendste absolvierte,
an nichts anderes zu denken vermochte
als an die Formen der Fauna und Flora
jener Weltgegend, in der Osten
und Westen und Norden zusammentreffen,
und an die Kunst
ihrer Beschreibung.

III

Obschon es hieß, daß ihn die Obrigkeit
in kürzester Frist auf den Lehrstuhl
für Botanik berufen und somit
in der bürgerlichen Societät
akkreditieren werde, ging Steller,
mittellos, wie er war, und kaum
mehr als seine Notizbücher in der Tasche,
bereits an dem auf das Rigorosum
folgenden Tag mit der Post
nach der von russischen Truppen
belagerten Stadt Danzig,
wo er sich als medizinischer Assistent
auf einem Packboot anheuern ließ,
das einige hundert Invalide
nach Rußland zurückbringen sollte.

IV

Als das Schiff auslief aus der Danziger Bucht,
stand Steller, der die See
zum erstenmal sah, eine Zeitlang an Deck,
verwunderte sich über die Fahrt
auf dem Wasser, über Gewalt und Gewicht,
über das Salz in der Luft und
das unterm Kiel in die Tiefe
gebannte Dunkel. Zur Linken
den äußersten Punkt der Putziger Nehrung,
rechts die dem frischen Haff vorgelagerte Landzunge,
ein leicht grauer Strich, endlos
vergehend in einem noch leichteren Grau.
Dieses dahinter war Deutschland gewesen,
kam es ihn an, seine Kindheit,
die Wälder von Windsheim,
langwierig in der Jugend
das Erlernen der alten Sprachen:
perscrutamini scripturas,
soll das nicht heißen,
perscrutamini naturas rerum?

V

Kronstadt, Oranienbaum, Peterhof
und zuletzt in der torricellischen Leere
ein vierunddreißigjähriger Bastard,
ausgesetzt im Sumpfdelta der Newa,
St. Petersburg unter der Festung,
die neue russische Hauptstadt,
grauenerregend für einen Fremden,
nichts als ein aufbrechendes Chaos,
im Entstehen schon eingesunkenes
Bauwerk und nirgends ein grader Prospekt.
Die nach dem goldenen Schnitt angelegten
Straßenzüge und Plätze, Quaimauern und Brücken,
Fluchtlinien, Fassaden und Fensterreihen,
diese bewegen sich langsam erst her
aus der hallenden Leere der Zukunft,
den Ewigkeitsplan einzubringen in die aus der Angst
vor der Weite des Raumes geborene Stadt,
übervölkert von Armeniern, Türken, Tataren,
Kalmücken, ausgewanderten Schweden,
Deutschen, Franzosen und den auf den Tod
geschundenen, verstümmelten Körpern
der längs der Allee zur Schau
aufgehängten Verbrecher.

VI

Erst jenseits des Flusses, in den berühmten
botanischen Gärten des Marinespitals,
entgeht Steller dem Umtrieb der Stadt.
Säuberlich wandelt er über die Wege
zwischen den Beeten, bestaunt
die gläsernen Treibhäuser,
die exotischen Pflanzen,
lernt in einem fort neue Namen
und weiß sich vor Hoffnung
kaum mehr zu helfen,
als aus dem halben Schatten
des Senfbaums bei der Volière
der Patriarch von Novgorod,
Erzbischof Theophon, mit einem ganz kleinen,
gelben Psittig in der Hand auf ihn zutritt
und im Lauf einer lateinischen Konversation
ihm eine Sage aus dem Bezirk Dolji erzählt,
die berichtet, daß Gott auf einmal
und wie aus heiterem Himmel
auf einem Lungenkrautblatt entstand.

VII

Vier Jahre blieb Steller
in Petersburg. Der Primas,
schon in der Nähe des Todes,
verschafft ihm die Stellung
eines Adjunkten an der Akademie
und nimmt ihn als Leibarzt zu sich
ins Haus. Unterm Barett der Nacht
der Greis redet mit seinem jüngeren Bruder
vom Geflügel des Endes. Zum Trost
spricht Steller vom Licht der Natur.
Alles aber, sagt Theophon,
alles, mein Sohn, ändert sich in das Alter,
weniger wird das Leben,
alles nimmt ab,
die Proliferation
der Arten ist bloß
eine Illusion, und niemand
weiß, wo es hinausgeht.

VIII

Dem Akademiemitglied Daniel Messerschmidt
waren die langen arktischen Reisen
auf die Nerven geschlagen. Steller,
der Messerschmidt in dem Gartenhaus,
das er mit einer Bäckerstochter
aus Sesslach bewohnte,
noch lebend antraf,
hat aus dem schwer
melancholischen Menschen
nichts mehr herausbringen können.
Dafür studiert er jetzt seinen Nachlaß.
Einen ganzen Sommer verbringt er
über die Zettelwirtschaft gebeugt,
während die zu kurz gekommene Frau
des Naturforschers aufgeschwanzt
hinter ihm sitzt und mit ihrer gespaltenen
Flosse ihm über die wie sein Herz
klopfende Eichel streicht.
Steller spürt, daß die Wissenschaft
auf einen einzigen leicht schmerz-
haften Punkt zusammenschrumpft.
Andererseits sind ihm die Schaumblasen
ein Gleichnis. Komm, flüstert er
ihr in der Verzweiflung
ins Ohr, komm mit mir
nach Sibirien als meine

eigene Frau, und hört schon
die Antwort: Wohin
Du auch gehst,
geh ich mit Dir.

IX

Als Steller 1736 tatsächlich
den ersehnten Auftrag erhielt,
der Beringschen Expedition sich anzuschließen,
war dieses bereits zehn Jahre zuvor
in die Wege geleitete Unternehmen,
das aus einem Heer von Zimmermännern,
Schmieden, Fuhrknechten, Seeleuten,
Schreibern, kommandierenden
Chargen, Wissenschaftlern
und Assistenten bestand
und nicht nur Baumaterial, Werkzeug, Instrumente,
ein Arsenal von Waffen und Aberhunderte
von Büchern, sondern auch endlose
Fouragierzüge zur Verpflegung der Mannschaft,
Geschirr und Garderobe und kistenweise
Bordeauxwein für die höher gestellten
Envoyés der Akademie vorwärtszubringen hatte,
nicht anders als ein schwere Geröllmassen
mit sich fortbewegender Gletscher,
in Jakutsk auf dem einhundertneunundzwanzigsten
Grad östlicher Länge angelangt.
Steller bewältigte die fünftausend Meilen
im Ablauf der dreieinhalb Jahre,
die Vitus Bering noch brauchte,
um bis auf den letzten Nagel alles
mit kleinen sibirischen Packpferden

über das Jablonoigebirge ans Meer
von Ochotsk zu bringen. Dabei
übte er sich ein in das Ertragen
der Bitternis und der Einsamkeit,
denn die Bäckerstochter,
die er aufgrund seiner Hoffnung,
daß man vielleicht auch in der Ferne
zuhause sein könne, und aufgrund
ihres, wie es schien, bedingungslosen
Versprechens, mit ihm überallhin
fahren zu wollen, geehelicht hatte,
war, naturgemäß, zuletzt doch nicht willens gewesen,
die Reise um die halbe Kugel der Welt
mit ihm zu machen. Statt ihrer
hatte Steller jetzt zwei
junge Raben, die ihm des Abends
ominöse Sprüche diktierten.
Wenn er sie aufschrieb,
war er beruhigt, obgleich er wußte,
daß er auch damit den langsamen Fraß
in seiner Seele nicht
würde aufhalten können.

X

Am 20. März des Jahres 1741
betritt Steller das langgestreckte
Blockhaus der Kommandantur von Petropawlovsk
an der Ostküste der Halbinsel Kamtschatka.
In einem fensterlosen, nicht mehr als
sechs mal sechs Fuß messenden
Verschlag am hinteren Ende
des sonst auf keine Weise unterteilten
Innenraums dieses Gebäudes
findet er Bering, den Kommandeur-Kapitän,
an einem aus Planken zusammengenagelten,
von weißfleckigen Land- und Seekarten
über und über bedeckten Tisch,
den neunundfünfzigjährigen
Kopf in die Fläche der rechten,
mit einem Flügelpaar
tätowierten Hand gestützt,
einen Stechzirkel in der Linken,
bewegungslos sitzen
bei einem blakenden Licht.
Es braucht eine unheimlich
lange Zeit, denkt Steller,
bis Bering die Augen
aufmacht und hinschaut
zu ihm. Ein Tier
ist der Mensch, in tiefe

Trauer gehüllt,
in einen schwarzen Mantel,
mit schwarzem
Pelzwerk
gefüttert.

XI

Zwei Wochen bei günstigem Wind
waren die nach den Heiligen
Peter und Paul benannten Schiffe
auf dem Nordmeer nach Süden gefahren,
aber das auf der Karte Delisles eingezeichnete
sagenhafte Land Gama tauchte
nirgends aus der Wüste
des Wassers auf. Nur einmal
entdeckte die Wache auf der spiegelnden Fläche voraus
etwas von unzähligen Seevögeln bedecktes Schwarzes.
Die Tiefe auslotend, näherten sie sich,
bis es sich zeigte, daß die Felseninsel
nichts war als ein toter, vom Spiel des Mirage
vielfach vergrößerter, bäuchlings treibender Wal.
Danach wurde Kurs auf Nord-
Nord-Ost gesetzt. In der Nacht
leuchtete manchmal das Meer,
und an den von den Kämmen der Wellen
bespritzten Segeln hafteten
die Funken des Lichts.
In einem zweiten Mirage
zeigte sich eines Abends,
ausgestreckt über den Horizont,
ein Landstrich aus weißem
kristallinischen Marmor,
doch erst am Morgen des 15. Juli,

an die sechs Wochen nach dem Auslauf
aus der Bucht von Avatscha,
sah Steller, der um die frühen
Stunden immer an Deck ging,
zwischen den tief treibenden Wolken
wirklich das schwach ausschraffierte
Bild einer Kette von Bergen.
Am Abend desselben Tages
hob sich vollends der Nebel.
Ein schwarzer Himmel
überhing jetzt das Meer, und
die schneebedeckten, zerrissenen
Zinnen Alaskas prangten,
dünkte Steller das richtige Wort,
in rosaroten und violetten Farben.
Vitus Bering, der die ganze Fahrt über
an die Balkendecke über seinem Kopf
starrend in seiner Koje gelegen hatte,
kam, bewegt von dem unaufhörlichen
Jubeln der Mannschaft, zum erstenmal nach oben
und besah sich auf das allertiefste
deprimiert das Schauspiel.

XII

Unendliche Flüge
von schreienden Vögeln, die niedrig
über dem Wasser schwebten,
glichen von fern niedrig schwimmenden
Inseln. Walfische umkreisten
das Schiff und sprühten
in allen Richtungen des Gesichtskreises
Wasserfontänen hoch in die Luft.
Chamisso, der später mit der Romanzoffischen
Entdeckungs-Expedition dasselbe
Riesengemälde bestaunte, trug sich dabei
mit dem Gedanken, daß man diese Tiere
vielleicht zähmen und – nicht anders als Gänse
auf einem Brachfeld – auf dem Meer
sozusagen mit einer Gerte würde treiben können.
Erziehet die Jungen in einem Fjord, schrieb er,
legt ihnen einen von Schwimmblasen
getragenen Stachelgurt unter die Brustflossen,
laßt sie das Tauchen verlernen,
stellet Versuche an. Ob der Walfisch alsdann
ziehen oder tragen soll,
ob und wie man ihn anspannt
oder belastet, wie man ihn zäumt
oder sonst regiert und wer der Kornak
des Wasserelefanten sein soll, das wird sich
alles von selber finden. Eingangs

des Abschnitts spricht Chamisso
allerdings auch von der Dampfmaschine
als dem ersten aus den Händen
des Menschen hervorgegangenen
warmblütigen Tier.

XIII

Bei Anbruch des folgenden Tags,
dem Namensfest des hl. Elias,
ging Steller an Land. Zehn Stunden
hatte ihm Bering, dem das Grauen
bereits an die Stirn geschrieben war,
zugestanden für eine wissenschaftliche Exkursion.
Von einer tiefgründigen Bläue
war jetzt das Wasser und waren die Wälder,
die herabwuchsen bis an die Küste
des Meers. Unverstört näherten sich
Steller die Tiere, schwarze und rote
Füchse, auch Elstern, Häher und Krähen
gingen mit ihm auf dem Weg
über den Strand. Im durchsichtigen Dunkel
zwischen den Bäumen bewegte er sich
mit geradezu schwebendem Schritt
über die einen Fuß dicken Polster aus Moos.
Nahe war er daran, bergwärts
immer nur weiterzugehen, hinein
in die kühle Wildnis, aber die Konstruktionen
der Wissenschaft in seinem Kopf,
ausgerichtet auf eine Verringerung
der Unordnung in der Welt,
widersetzten sich diesem Bedürfnis.
Später in einer aus Fichtenstämmen
zusammengefügten Behausung erlebt er

die Wirkung verlassener Dinge
in einem fremden Raum. Ein kreisrundes
Trinkgefäß aus geschälter Rinde,
einen mit Kupfererz durchsprenkelten
Wetzstein, ein fischköpfiges Paddel
und eine Kinderrassel aus gebranntem Ton
sucht er mit Vorsicht sich aus und hinterlegt
statt dessen einen eisernen Kessel, eine Schnur
mit bunt aneinandergereihten Perlen,
ein Fetzchen bucharische Seide,
ein halbes Pfund Tabak und
eine chinesische Pfeife.
An diesen schweigsamen Handel
erinnert sich noch nach einem halben Jahrhundert,
wie aus einem Bericht des Commandeurs Billings hervorgeht,
einer der Bewohner dieser abgesonderten Gegend
mit einem raschelnd nach innen
gekehrten Lachen.

XIV

So nah dem dreiundfünfzigsten Breitengrad,
wie es anging, den Kurs auf Avatscha zu halten
war, nach einstimmigem Verzicht
auf alle weiteren Entdeckungsvorhaben,
der Rat der Offiziere, eine einfache Rechnung,
die aus nichts als unbekannten Faktoren bestand.
Ein Vierteljahr fast wurde das Schiff
von Orkanen, von einer Gewalt,
wie sie keines der Mitglieder
der Besatzung aus seinem Leben
erinnern konnte, auf dem Berings-Meer,
wo nichts und niemand sonst war,
hin- und hergeworfen. Graufarbig
richtungslos war alles, ohne oben und unten,
die Natur in einem Prozeß
der Zerstörung, in einem Zustand der reinen
Demenz. Zwischenein tagelang
Flauten, bewegungslos und jedesmal
noch mehr zerbrochen das Schiff,
zerfetzter die Taue, fadenscheiniger
das Tuch der vom Salz zerfressenen Segel.
Die Mannschaft, geschlagen
von der Tobsucht der in die Körper
gedrungenen Krankheit, mit Augen,
die in der Erschöpfung versanken,
schwammig geschwollenen Gaumen,

blutunterlaufenen Gelenken,
gedunsener Leber, gedunsener Milz
und mit dicht unter der Haut
schwelenden Geschwüren, warf in Gottes Namen
Tag für Tag die an der Fäule zugrunde gegangenen
Seeleute über Bord, bis zuletzt
kaum ein Unterschied war
zwischen den Lebenden und den Toten.
Im Sterben verlieren die astra
im Leib ihre Eigenschaft, ihre Art, ihre Substanz
und ihr Wesen, denkt Steller, der Arzt,
was tot ist, ist nimmer lebendig.
Was heißt das, physica, fragt er, was
heißt das iusiurandum Hippocratis,
was heißt Chirurgie, was ist die Kunst
und der Grund, wenn das Leben
zerfällt und der Arzt hat nicht
Macht und nicht Mittel? Da –
in der Nacht –, der Mond
steht im Novemberviertel,
treibt eine Wand aus Wasser
das Schiff in die Felsen.
Verkeilt liegt es,
eine Zeit im Gestein ächzend,
als hätte es sich in der Todesnot
noch an Land retten wollen,
bis eine schwere Welle
es hinabschiebt in die Stille
der Lagune hinter dem Riff.
Eine weiße Sichel, biegt sich

im Dunkel der Strand,
grasüberwachsene Dünen, landeinwärts,
bis hinauf auf ein Schattenplateau
unter schneehell phosphoreszierenden Bergen.

XV

Vier Männer brachten Bering, dem das Wasser
nach und nach bis in den Leib gestiegen war,
auf einem aus Stricken gefertigten Sitz an Land,
lehnten ihn im Schatten des Winds an einen Felsen
und machten ein Dach aus den Segeln
des hl. Peter. Gehüllt in Mäntel, Pelze und Roben,
gelbfaltigen Gesichts, der Mund,
zahnlos, eine schwarze Ruine,
von Karbunkeln und Läusen am ganzen
Körper geplagt, besah sich der Kapitän,
voller Zufriedenheit im Angesicht des Todes,
die ersten Arbeiten zur Errichtung
eines Winterquartiers in den in die Dünen
gegrabenen Höhlen der Füchse.
Steller bringt Bering eine aus Tran
und Nasturtiumwurzeln gekochte Suppe,
die Bering jedoch, den Kopf
zur Seite bewegend, ausschlägt
mit einem Blinken der Augen.
Man solle ihn jetzt,
meint er, ruhig in den Sand
sinken lassen. Die Zaunkönige
springen bereits auf ihm herum.
Selig seynd die Toten, erinnert sich
Steller. Am 8. Dezember binden sie
den Kapitän auf ein Brett

und schieben ihn in die Grube hinab.
Nicht wollest Du, Herr, übergeben
die Seele derer, die Dich bekennen,
den wilden Thieren. Am Tag des Gerichts
soll vielmehr für die Frommen ein Mahl
bereitet werden aus dem Herz des Leviathans.
Steller, indem er aufblickt, sieht
den graugrünen Widerschein des Ozeans,
den arktischen Wasserhimmel,
unter den Wolken. Ein Zeichen,
wie weit sie noch sind
vom festen Land.

XVI

Den 13. August segelt
das aus dem Wrack gebaute Schiff
um die äußerste Spitze der Insel,
die sich mit sanften Hügeln und ruhigen
Linien zum Meer senkt.
In schönem Grün glänzend
wie die Triften der Alpen,
liegt sie im Licht des Spätsommers,
unberührt, wie es scheint, von den Menschen.
Von Bord aus gesehen,
bewegt sich das Land.
Nicht wirklicher
durch die ausgestandenen Leiden
wird die vergangene Zeit.
Unfaßbar auch am Horizont,
über dem blauen,
über dem Land ausgebreiteten Dunst,
nach vier Tagen zur See
die Rauchfahnen der asiatischen Vulkane.
Diesem Bild sich zu nähern,
kreuzen sie unter der Küste,
eine Viertel Seemeile pro Stunde,
südwärts gut eine Woche,
ziehen noch nachts an den Rudern,
erreichen am 25. des Monats
den Hafen von Petropawlovsk,

ihre geplünderten Blockhäuser und Magazine.
Zum Dank für das Wunder ihrer Errettung
machen sie, dem Wunsch Berings entsprechend,
einen silbernen Rahmen,
getrieben aus dem bis zuletzt
aufgehobenen Münzgeld,
um die Ikone des hl. Peter.

XVII

Sechs Jahre dauerte es,
bis die Überlebenden der Expedition
Order erhielten,
in die Hauptstadt zurückzukommen.
Steller aber hatte sich wenige Tage
nach Ankunft in der Bucht von Avatscha
vom Korps abgesetzt und war mit dem Kosacken Lepekhin
zu Fuß ins Innere der Halbinsel aufgebrochen.
Wenn Dir die Reise gefällig ist,
sei unser Antrieb beim Gehen,
sprach er bei sich, sei
Trost auf dem Weg, Schatten
im Schwülen des Mittags,
Licht in der Finsternis,
Decke wider Frost und Regen,
Wagen in der Stunde der Müdigkeit,
Hilfe in der Noth, auf daß wir,
unter Deiner Führung,
fahrlos dort eintreffen,
wo es uns hinzieht;
trag Du die Sorge, Herr,
damit die Sterne günstig
über uns sich scharen.

XVIII

Den übrigen Teil des Sommers
sammelt Steller botanisches Material,
füllt getrocknete Samen in Tütchen,
beschreibt, rubriziert, zeichnet,
in seinem schwarzen Reisezelt sitzend,
zum erstenmal glücklich in seinem Leben.
Thoma Lepekhin fängt Lachs,
bringt Pilze, Beeren und Blätter,
macht Feuer und Tee.
Den Winter hindurch
unterrichtet der deutsche Doktor
Koryackenkinder in einer winzigen,
hölzernen Schule, schreibt,
als das Eis bricht,
Memoranda zur Verteidigung
der von der Marinekommandantur in Bolscheretsk
malträtierten und in ihrem Recht verkürzten
eingeborenen Stämme, was dazu führt,
daß ein Brief gegen ihn ausgestellt wird,
daß Verhöre stattfinden,
daß sich Mißverständnisse ergeben,
daß Verhaftungen erfolgen und daß Steller
jetzt vollends den Unterschied begreift
zwischen Natur und Gesellschaft.
Westwärts, Strecke um Strecke legt er
fliehend zurück, und es scheint ihm,

als gehe nun alles bergab.
Erst in Tara erreicht ihn die Nachricht,
er könne auf jedem beliebigem Weg
aufbrechen in seine Heimat.
Steller mietet drei Pferde,
fährt nach Tobolsk
und trinkt dort,
er, der nie trank,
ganze drei Tage.
Danach kommt das Fieber,
er kriecht in den Schlitten,
heißt den Tataren weiterfahren nach Süden,
die einhundertsiebzig Meilen bis Tyumen.
Das ist infirmitas, die Brechung
der Zeit von Tag zu Tag
und von Stunde zu Stund,
der Rost und das Feuer
und das Salz der Planeten,
die Dunkelheit unter Tags
noch die Lichter am Himmel.

XIX

Manuskripte am Ende des Lebens,
geschrieben auf einer Insel im Eismeer,
mit kratzendem Gänsekiel und galliger Tinte,
Verzeichnisse von zweihundertelf
verschiedenen Pflanzen,
Geschichten von weißen Raben,
seltsamen Kormoranen und Seekühen,
eingebracht in den Staub
einer endlosen Registratur,
sein zoologisches Meisterwerk,
de bestiis marinis,
Reiseprogramm für die Jäger,
Leitfaden beim Zählen der Pelze,
nein, nicht hoch genug
war der Norden.

XX

In Tyumen holen sie ihn aus dem Schlitten,
schleppen sie seinen zur Hälfte versteinerten Leib
aus dem Eis hinein in das Feuer,
in ein waberndes Haus.
Jetzt fängt Alchimia an,
erkennt Steller den mortem improvisam,
den Schlag und all sein Anhang,
sieht seinen Tod, wie er sich spiegelt,
im Einglas des Feldscher.
Also seid ihr doctores,
verschüttete Lampen,
also prozediert die Natur
mit einem gottlosen
Lutheraner aus Deutschland.

XXI

Pallas berichtet, wie sie Steller,
den er verehrte, anderen Tages,
in seinen roten Umhang gehüllt,
ein gutes Stück außerhalb der Raststatt
der Rechtgläubigen in einen engen Graben
hoch über dem Ufer der Tura legten
und einen Hügel aufwarfen
von gefrorenen Wasen.
Auch schreibt Pallas, daß der Tote
noch träumte von den grasenden
Mammuts jenseits des Flusses,
bis in der Nacht einer kam
und seinen Mantel sich holte
und ihn liegen ließ im Schnee
wie einen erschlagenen Fuchs.

DIE DUNCKLE NACHT FAHRT AUS

et iam summa procul villarum culmina fumant
maioresque cadunt altis des montibus umbrae

Virgil, I. Ekloge

I

Schwer zu entdecken sind nämlich
die zwischen den Schiefertafeln
eingelagerten geflügelten Wirbeltiere
der Vorzeit. Seh ich aber die Nervatur
des vergangenen Lebens vor mir
in einem Bild, dann denk ich immer,
es hätte dies etwas mit der Wahrheit
zu tun. Das Gehirn arbeitet ja fortwährend
mit irgendwelchen und sei es ganz
schwachen Spuren der Selbstorganisation,
und manchmal entsteht daraus
eine Ordnung, stellenweis schön
und beruhigend, doch auch grausamer
als der vorherige Zustand der Ignoranz.
Wie weit überhaupt muß man zurück, um
den Anfang zu finden? Vielleicht
bis zu jenem Morgen des 9. Januar 1905,
an dem der Großvater und die Großmutter
bei klirrender Kälte in einer offenen
Kutsche von Kloster Lechfeld nach
Obermeitingen fuhren, sich trauen zu lassen.
Die Großmutter im schwarzen taftenen Kleid
mit einem Papierblumenstrauß, der Großvater
in der Uniform, den messingverzierten
Helm auf dem Kopf. Was haben sie sich gedacht,
als sie, die Pferdedecke über den Beinen,

in dem Gefährt nebeneinandersaßen und
das Hallen des Hufschlags hörten
in der kahlen Allee. Was dachten sich
später die Kinder, deren eines
aus einem im Kriegsjahr 1917
in Allarzried aufgenommenen
Klassenfoto angstvoll
herausstarrt. Achtundvierzig
armselige Artgenossen,
die Lehrerin rechterhand,
links der kurzsichtige
Kaplan und als Vermerk
auf der rückwärtigen Seite
des fleckigen grauen Kartons
die Worte ›in der Zukunft
liegt der Tod uns zu Füßen‹,
einer jener dunklen Orakelsprüche,
die man nie mehr vergißt. Auf einer andern
Photographie, von der ich einen größeren
Abzug besitze, ein Schwan und sein Spiegel-
bild auf der schwarzen Fläche des Wassers,
ein völliges Gleichnis des Friedens.
Um den Teich die botanische
Anlage befindet sich meines Wissens
am Ufer der Regnitz in Bamberg,
und ich glaub, es führt heute
eine Straße durch sie hindurch.
Das Ganze macht zunächst einen
irgendwie undeutschen Eindruck,
die Ulmen, Rüstern und dichtgrünen

Koniferen im Hintergrund, das kleine
Pagodengebäude, der feine geharkte
Kies, die Hortensien, Schilflilien,
Aloën, der Straußfederfarn und
der riesenblättrige Zierrhabarber.
Erstaunlich für mich auch die Personen,
die zu sehen sind auf dem Bild.
Die Mutter mit einem offenen
Mantel, von einer Unbeschwertheit,
die ihr später abhanden kam; der Vater,
ein wenig abseits, die Hände in den Taschen,
auch er, scheint es, sorglos.
Man schreibt den 26. August 1943.
Am 27. Abreise des Vaters nach Dresden,
von dessen Schönheit seinem Gedächtnis,
wie er auf meine Fragen bemerkt,
nichts in Erinnerung geblieben ist.
In der Nacht auf den 28. flogen
582 Maschinen einen Angriff
auf Nürnberg. Die Mutter,
die am anderen Morgen
nachhause ins Allgäu
zurückfahren wollte,
ist mit der Bahn bloß
bis nach Fürth gekommen.
Von dort aus sah sie
Nürnberg in Flammen stehn,
weiß aber heut nicht mehr,
wie die brennende Stadt aussah
und was für Gefühle sie

bei ihrem Anblick bewegten.
Sie sei, so erzählte sie neulich,
von Fürth aus am selben Tag noch
nach Windsheim zu einer Bekannten
gefahren, wo sie das Schlimmste
abgewartet und gemerkt habe, daß
sie schwanger geworden sei.
Was die brennende Stadt betrifft,
so hängt im kunsthistorischen
Museum in Wien ein Bild Altdorfers,
auf dem Lot dargestellt ist
mit seinen Töchtern. Am Horizont
lodert ein furchtbares Feuer,
das eine große Stadt verdirbt.
Rauch steigt auf aus der Gegend,
an den Himmel schlagen die Flammen,
und im blutroten Widerschein
sieht man die dunklen
Fassaden der Häuser.
Im Mittelgrund ist ein Stück
grüne idyllische Landschaft,
und dem Beschauer zunächst
wird das neue Geschlecht
der Moabiter gezeugt.
Als ich dieses Gemälde
im vorvergangenen Jahr
zum erstenmal sah,
war es mir, seltsamerweise,
als hätte ich all das
zuvor schon einmal gesehen,

und wenig später hätte ich
bei einem Gang über
die Friedensbrücke fast
den Verstand verloren.

II

Als ich am Christi Himmelfahrtstag
des Vierundvierzigerjahrs auf die Welt kam,
zog gerade die Flurumgangsprozession
unter den Klängen der Feuerwehrkapelle
an unserem Haus vorbei in die blühenden
Maifelder hinaus. Die Mutter nahm dies
zunächst für ein gutes Zeichen, nicht ahnend,
daß der kalte Planet Saturn die Konstellation
der Stunde regierte und daß über den Bergen
schon das Unwetter stand, das bald darauf
die Bittgänger zersprengte und einen
der vier Baldachinträger erschlug.
Abgesehen von dem vielleicht verheerenden
Eindruck, den dieses in der Dorfgeschichte
unerhörte Ereignis zu Beginn meines Lebens
auf mich gemacht haben mag, und abgesehen
von dem tosenden Feuer, das eines Nachts,
kurz vor meiner Einschulung ist es gewesen,
ein unweit gelegenes Sägewerk verschlang
und die ganze Talschaft erhellte, bin ich,
dem anderwärts furchtbaren Zeitlauf zum Trotz,
am Nordrand der Alpen, wie mir heut scheint,
aufgewachsen ohne einen Begriff der Zerstörung.
Aber daß ich vielfach auf der Straße gestürzt
und mit einbandagierten Händen oft im Fenster
bei den Fuchsienstauden gesessen bin,

auf das Nachlassen der Schmerzen gewartet
und stundenlang nichts als hinausgeschaut habe,
brachte mich früh auf die Vorstellung
von einer lautlosen Katastrophe, die sich
ohne ein Aufhebens vor dem Betrachter vollzieht.
Über das, was ich mir damals ersonnen,
als ich in den Krautgarten hinabsah,
in dem die Klosterfrauen mit ihren weißen
gestärkten Hauben so langsam sich
zwischen den Beeten bewegten,
als seien sie vor einem Augenblick
noch Raupen gewesen, über das
bin ich immer noch nicht hinaus.
Die Sinnfigur der nicht näher
identifizierten Katastrophe ist mir
seit jener Zeit ein zwergwüchsiger Tatare
mit einer roten Kopfbinde und einer weißen
gekrümmten Feder. In der Anthropologie
ist diese oftmals mit gewissen Formen
der Selbstverstümmelung assoziierte Gestalt
ausgewiesen als die des Adepten, der
einen Schneeberg ersteigt und lang
dort verweilt, wie es heißt, unter Tränen.
An der windstillen Stelle des Herzens
trage er, so hab ich letzthin gelesen,
ein Pferdchen aus Ton. Magische
Kreuzworträtsel murmelt er gern, redet
von einem Scherenschnitt, einem Fingerhut,
einem Nadelöhr, einem Stein im Gedächtnis,
einem Wallfahrtsort und von einem Würfelchen

Eis, gefärbt mit einem Jota Berliner Blau.
Eine lange Reihe winziger Schrecken
aus der ersten und zweiten Vergangenheit,
nicht übersetzbar in die gesprochene
Sprache der Gegenwart, bleiben sie
ein lückenhaftes corpus, bewacht
von Fungisi und dem Schatten des Wolfs.
Danach kommen die schon ein wenig
größeren Kinder, die glauben, daß
die Elternteile auf dem Möbelpferd
voraufreiten, das Quartier zu machen,
indes sie in der dunklen Kiste
auf der Reise nach Gmunden
das Nachtmahl verzehren,
zwei Häfen Kaffee trinken,
das Butterbrot aufschmiern
und vom Hering und Rettig
ganz schweigen. Monatelang
dauerte schon das Sterben
der Großmutter, immer weiter
stieg ihr das Wasser in den Leib,
während im Dorfladen ein Steckbrief hing,
der vergilbte Terror des Kartoffelkäfers.
Am Waldrand schaute oft ein Mohr
aus einem amerikanischen Panzer,
und im Finstern sahn wir,
die Röcke hebend, die heilige
Elisabeth, vorsichtig über
glühende Pflugscharen schreiten.
In der Schule zählte der Pedell

seine Schlüssel, sangen die Palmkätzchen
hinter dem Kruzifix ihr Credo,
war in der Griffelschachtel
auf einem Fetzchen Papier
schon die Losung unserer
staubigen Zukunft. So ist
denn der eine Wirt, der andre
Koch, der dritte Kellner und
der vierte gar nichts geworden.
Und von der Anhöhe aus sieht man
die rauchigen Schatten
im Tal von Jehosaphat.
Die Magnetisiernadel weist zitternd
nach Norden, ich spüre den galvanischen
Geschmack auf der Zunge, ein inwendig
physikalisches Wunder mit feinem
Hornsilber ganz dünn überzogen.
Die gefürchtete Schwärzung
an gewissen Stellen
des Körpers bestätigt
alles aufs schönste.

III

In einem chinesischen Grillenkäfig
hielten wir eine Zeitlang das Glück
eingesperrt. Die Paradiesäpfel wuchsen
prächtig, es lag eine Menge Gold
auf der Tenne, und du sagtest,
über den Bräutigam müsse man
wachen wie über einen Gelehrten
bei Nacht. Es war öfter Carneval
für die Kinder. Lämmerwölkchen
standen am Himmel. Die Freunde
kamen verkleidet als Ormuzd und
Ahriman. Doch dann war da unversehens
diese Sache mit dem eleganten
Herrn in der Oper, und ich fand
eine Blindschleiche im Hühnerhaus.
Eine Krähe verlor im Flug eine weiße
Feder, der Pfarrer, ein hinkender
Bote im schwarzen Überzieher,
erschien am Neujahrsmorgen allein
auf der weiten verschneiten Flur.
Seither wappnen wir uns
mit Geduld, seither rieselt
der Sand durch den Briefkasten,
haben die Topfpflanzen so eine Art,
sich auszuschweigen. Nordländisches
Trauerspiel, Schach- und Winkelzüge,

zwangsläufig vollzieht sich immer
das Ende. Warum müht man sich
nur mit so einem schwierigen
Unternehmen? Als Trost bleibt
das Unglück anderer Leute
giftgelb am Hut der Geliebten
und war doch früher so schön.
Prosa aus dem letzten Jahrhundert,
ein Kleid, das sich in den Disteln
verfing, ein bißchen Blut, eine
Exaltation, ein zerrissener Brief,
ein Uniformsternchen und längere
Aufenthalte am Fenster. Ungute
Phantasien in einer dunklen
Kammer, nachgetragene Sünden,
ja Thränen sogar und im Gedächtnis
der Fische ein sterbendes Feuer,
Emma, wie sie den Hochzeitsstrauß
verbrennt. Was soll da ein armer
Landarzt sich denken? Beim Leichenbegängnis
träumt er von einem glänzenden Paar
Lackstiefeln und einer posthumen
Verführung. Jetzt aber kommt
eine farblose Zeit. Du, inmitten
der blendenden Obszönität
werd ich dein banges
Auge erinnern, wie ichs
zum erstenmal sah,
damals, als wir in Haarlem
durch eine Deichlücke schwammen.

Jahrestage und Zahlen,
wie lang ist das alles her,
ein Buchstabenfeld, kaum
zu entziffern durch die gläsernen
Linsen. Eigentlich, hör ich
die kleine chinesische
Optikerin sagen, eigentlich
müßten Sie das jetzt leicht
lesen können, und einen Augenblick
lang spür ich ihre Fingerkuppen
an meinen Schläfen, spüre,
wie eine Welle mein Herz
durchquert, und seh in dem hellen
Geviert des Testbilds
aneinandergereiht die Lettern
YAMOUSSOUKRO, den Namen,
ich weiß es genau, eines
großen rostigen Schiffs
aus Abidjan, das ich vor Jahren
einmal auslaufen sah
aus dem Hamburger Hafen.
Schwarze Matrosen standen
an die Reling gelehnt.
Sie winkten im Vorbeifahrn
herüber, die Sonne ging eben
unter, und die Schatten
zitterten schon
an den Rändern.

IV

Begeistert von dem wahrhaftig
grenzenlosen Wachstum
der Industrie, hat der Staatsmann
Disraeli Manchester die wundervollste
Stadt der Neuzeit genannt,
ein himmlisches Jerusalem,
dessen Bedeutung allein die Philosophie
zu ermessen vermöge. Ein halbes
Leben ist es nun her, daß ich,
nach meinem Aufbruch aus der Provinz,
dort ankam und Wohnung bezog
zwischen den Ruinen aus dem letzten
Jahrhundert. Viel bin ich damals
über die brachen elysäischen
Felder gegangen und habe das Werk
der Zerstörung bestaunt, die schwarzen
Mühlen und Schiffahrtskanäle,
die aufgelassenen Viadukte
und Lagerhäuser, die Abermillionen
von Ziegeln, die Spuren des Rauchs,
des Teers und der Schwefelsäure,
bin lange gestanden an den Ufern
des Irk und des Irwell, jener
jetzt toten mythischen Flüsse,
die schillernd zu besseren Zeiten
geleuchtet haben azurblau,

karminrot und giftig grün,
spiegelnd in ihrem Glanz
die Baumwollwolken, die weißen,
in die aufgegangen war ohne ein Wort
der Atem ganzer Legionen von Menschen.
Und das Wasser führte sie abwärts
mit dem Salz und der Asche
durch das Marschland hinaus
auf die See. Es bahnen die stillen
Mutationen den Weg in die Zukunft.
Im Verlauf von drei Generationen
war die Arbeiterschaft von Manchester
zu einem Geschlecht von Zwergen geworden.
Freiwillige, die zu Kriegszeiten in den Dienst
mit der Waffe zu entkommen suchten,
wurden von den Behörden als untauglich
abgewiesen, wofern sie nicht Aufnahme fanden
in einem der sogenannten Bantamregimenter,
die ihre diminutiven Soldaten aus dieser Stadt
und der umliegenden Gegend rekrutierten.
In einem Fall wie im andern
zählten sie zu den obskuren
Scharen, denen der Fortschritt
der Geschichte sich verdankt.
Von meinem Arbeitsplatz aus
glaubte ich die Irrlichter
ihrer Seele zu sehen, wie sie
als winzige Fackelbrände
die Müllhalden der City Corporation
durchgeisterten, ein rauchendes

Riesengebirge, das sich, so schien es mir,
bis hinüber ins Jenseits erstreckte.
In der Dämmerung durchschnitten
zumeist die Scheinwerferkegel
der dort herumkriechenden
Planierraupen den Luftraum,
und Flugzeuge, die grauen Brüder
der Vorzeit, erhoben sich unendlich
langsam aus den Lagunen und Sümpfen.
Ich erinnere mich, daß diese Bilder
mich damals oft in einen quasi
sublunaren Zustand schwerer
Melancholie versetzten, daß ich
dann ununterbrochen die eintönigen
Schwingungen einer Maultrommel vernahm
und wiederholt vor Beklemmung außer
Haus gehen mußte. Tagelang hab ich
im Souterrain der Universitätsbibliothek
die Schriften des Paracelsus gelesen,
wo es heißt, von septentrione
gehe nichts Gutes und
daß der Leib von der Krankheit
gefärbt wird wie ein Tuch
von einer frembden Farb.
Oft bin ich auch auf der Wanderung
durch die Straßenzüge eingekehrt
in eine der vielen infernalisch
glitzernden Wirtschaften, mit Vorliebe
freilich in Liston's Music Hall,
wo ein strahlend blauäugiger,

völlig verwahrloster Heldentenor,
der stets einen überlangen Wintermantel
und einen Homburg trug, von einer Wurlitzer-
orgel begleitet Tannhäusers Arien sang.
Und in die Gospelkirchen bin ich hin
und wieder gegangen und Zeuge geworden,
wie die Siechen reihenweis
unterm Geschrei der Gemeinde
gesund und selbst Blinde
sehend gemacht wurden.
Einmal auf der Suche
nach dem sternförmigen
Gefängnis Strangeways,
einem überwältigenden panoptischen
Bau, dessen Mauern so hoch sind
wie diejenigen von Jericho, geriet ich,
in einer Art Niemandsland hinter
den Bahnhöfen, in eine niedrige und
anscheinend zum Abbruch bestimmte
Häuserzeile mit aufgegebenen Läden,
auf deren Schildern die Namen
Goldblatt, Grünspan und Gottgetreu,
Spiegelhalter, Solomon, Waislfisch
und Robinsohn zu lesen waren.
Im Wind bewegte sich eine Tür
wie zum Zeichen. Angeschlagen
an ihr war eine alte Affiche
für das Musical Oklahoma.
Der Eingang zum Naturtheater
stand offen. Ich horchte

noch auf ein Schwingen im Aether,
da marschierte mit martialischer
Blechmusik, Signalhörnern
und Trommeln, ein Zug olivgrüner
Kindersoldaten die Straße herunter,
zog an mir vorbei und war plötzlich,
wie vom Boden verschluckt, verschwunden.
Wenn ich Herrn Deutsch etwas
von diesen Dingen erzählte,
schüttelte er seinen Kopf
und sagte ›Seltsam, sehr
seltsam‹. Herr Deutsch,
der aus Kufstein stammte,
war im Achtunddreißigerjahr
als Kind nach England gekommen.
An vieles konnte er sich nicht mehr
erinnern; einiges brachte er nicht mehr
aus dem Sinn. Des Englischen war er
nicht mächtig geworden, obschon
er seit Jahren tagtäglich
mit dem Ausdruck äußerster
Angespanntheit das gesamte
Fernsehprogramm verfolgte,
als erwarte er jeden Augenblick
eine alles entscheidende Nachricht.

V

Als ich im Sommer vergangenen Jahres
den Ingenieur D. in Zürich besuchte,
saß er bei einem offenen Fenster
und wendete immer wieder ein Stück
Feldspat in seiner Hand. Sehen Sie,
sagte er, draußen verwildert der Garten,
fast bin ich schon mitten im Laub.
Das erinnert mich an die Wanderung
durch die Wüste. Wieviel Maschinen
hatte ich nicht gebaut, Anlagen
entworfen, bis ich den Glauben
verlor an die Wissenschaft,
der ich mein Leben lang diente.
Ich war angekommen in einer der toten
Buchten der Zeit, hatte wie jener
Tatare mit der roten Kopfbinde
und der weißen gekrümmten Feder
den Berg erstiegen und überblickte
die Stadt, ein abgeblaßtes Bild
des großen Diluviums lag sie
vor mir. Ich spürte das Zittern
der Antennen auf den Dächern
der Häuser als ein Kräuseln
in meinem Gehirn, konnte,
weit draußen, das Gaußsche
Rauschen hören, ein gleichförmiges,

über die ganze Tonleiter gestreutes
Geräusch, von der Erde bis hinauf
in den Himmel, wo die Sterne
im Äther schwimmen. Viele
furchtbare Mitternächte
des Zweifels hab ich seither
verbracht, doch kehrt nun der Frieden
ein in den Staub, und ich lese
in den Naturbeschreibungen
des 18. Jahrhunderts, wie ein
grünendes Land versinkt
in den blauen Schatten des Jurassus
und zuletzt nur das verjährte Eis
auf den Alpen noch einen schwachen
Widerschein hat. Von einem seltenen
Licht erfüllt sind die Zeilen
Hallers und Hölderlins, und doch
ist auch hier bereits Irrsal, so weit
das Herz reicht. Es sind nämlich
nicht ins Gleichmaß zu richten
die Entwicklungsbahnen großer
Systeme, zu diffus ist der Akt
der Gewalt, das eine immer
der Anfang des andern
und umgekehrt. Taurus
draconem genuit et draco
taurum, und es ist nirgends
ein Einhalt. Fahren Sie also,
sagte der Ingenieur D., noch heut.
Das Land brennt schon, und überall

brennen die Wälder, es knistert
in den gefächelten Blättern das Feuer,
und es breiten die afrikanischen
dürren Ebenen sich aus.
Noch vielleicht sehn Sie
auf Ihrer Reise eine goldene
Küste, eine vom Regen gefirnißte
Gegend oder ein Schulkind auf dem Weg
über ein schönes Gefilde. So ist
wieder ein Glück erlebt,
denkt, wer ein wenig genest.
Das schattige Ufer taucht auf
eines Sees, die Fläche des Wassers,
die Bänder der Felsen und
in der obersten Höhe das bunte
Gefieder des Drachens, Ikarus,
segelnd inmitten der Ströme
des Lichts. Unter ihm teilt sich
die Zeit, der Rheingletscher
in zwei mächtige Arme,
ragen die Churfirsten auf,
erhebt sich das Säntisgebirge,
Kreideinseln, hell
in der Eisflut glühend.
Neigt sich sein Aug denn,
stürzt er jetzt ab,
hinein in den See,
wird sich, wie auf Brueghels
Gemälde, das schöne Schiff,
der pflügende Landmann, die ganze

Natur irgendwie abwenden
vom Unglück des Sohns?
Mich führen die Fragen
über die Grenze. Am Arlberg
ziehet ein Wetter herauf.
Ich seh hinab in das Tal,
und mir schwindelt die Seele.
Wieder ein Sommer vergangen.
Und wie Efeu hänget, schrieb Hölderlin,
astlos der Regen herunter. Moosrosen
wachsen auf den Alpen. Avignon waldig.
Über den Gotthard tastet das Roß.

VI

Wenn der Morgen anhebt,
die Kühle der Nacht
hinauszieht in das Gefieder
der Fische, wenn wieder
sichtbar wird der Umkreis
der Luft, dann trau ich
dem Frieden bisweilen und
nehme mir vor, einen neuen
Anfang zu machen, einen Ausflug
vielleicht in eine Gegend
für tarnfarbene Ornithologen.
Komm, meine Tochter, komm
gib mir die Hand, wir verlassen
die Stadt, ich zeig dir die von der Flut
jeden Tag zweimal angetriebene Mühle,
ein ächzendes Wunderwerk
aus Rädern und Riemen,
das die Kraft überträgt
des Wassers bis hinein in die Steine,
bis in den rieselnden Staub
und in die Leiber der Spinnen.
Der Müller ist freundlich,
hat saubere weiße Pfoten,
erzählt uns allerlei
Rauh aus der Geschichte
des Mehls. Vor hundert

Jahren verschwand hier
Edward Fitzgerald, der Übersetzer
Omar Khayyams. In schon fortgeschrittenem
Alter bestieg er eines Tages sein Boot,
segelte mit festgebundenem Zylinder
hinaus auf die Nordsee und ward
nie mehr gesehn. Ein großes Geheimnis,
mein Kind, sieh, hier sind elf Hügel
für die Toten und im sechsten
der Abdruck eines vergangenen
Schiffs mit vierzig Rudern,
das Grab des Raedwald von Sutton Hoo.
Merowingische Münzen, schwedisches
Rüstzeug, byzantinisches Silber
nahm der König mit auf die Reise,
und seine Krieger, sie halten
in diesem sandigen Landstrich
noch heut ihre Waffen verborgen
in grasüberwachsenen Bunkern,
hinter Erdwällen, Stacheldraht
und Föhrenplantagen, ein einziges
Arsenal, so weit das Aug reicht,
und nichts sonst als dieser Himmel,
das Ginstergestrüpp und ab und zu
ein Großbetrieb der Geriatrie,
ein Zucht- oder Irrenhaus,
eine Anstalt für Schwererziehbare.
In orangeroten Jacken siehst du
die Sträflinge arbeiten
in langer Linie im Moor.

Dahinter das Ende der Welt,
die fünf kalten Häuser
des Orts Shingle Street.
Eine Frau steht untröstlich
am Fenster, eine Kinderschaukel
verrostet im Wind, ein einsamer
Spion sitzt in seinem Wohnmobil
in den Dünen, den Radioempfänger
am Ohr. Nein, hier können wir
keine Postkarten schreiben,
nicht einmal aussteigen
können wir hier. Kind, sag mir,
drückt dich dein Herz wie mich
meines, Jahr um Jahr
aufgeschüttet von den Wellen
des Meers eine Kiesbank
bis hinauf in den Norden,
jeder Stein eine tote Seele
und dieser Himmel so grau,
so gleichmäßig grau,
und so niedrig
hab ich den Himmel
noch nirgends gesehn.
Den Horizont entlang
ziehen die Frachter
hinüber in eine andere Zeit,
gemessen am Ticken
der Geiger im Kraftwerk
von Sizewell, wo sie langsam
den Kern des Metalls

zerstören. Raunender
Wahnsinn auf der Heide
von Suffolk. Is this
the promis'd end? Oh,
you are men of stones.
Was todt ist, das
bleibt todt. Aus lieben
kömmet Leben. Ich weiß nicht,
wer mir sagt, was? wie?
wo oder wenn? Ist nun
die Liebe nichts? als Alles?
Wasser? Feuer? Gut?
Böse? Leben? Todt?

VII

Herr, mir hat es geträumt,
die Alexanderschlacht anschaun
sei ich eigens nach München
geflogen. Es war, als die Dunkelheit
einbrach, und weit unter mir
sah ich das Dach meines Hauses,
sah die Schatten sich legen
über die ostenglische Landschaft,
den Saum der Insel sah ich,
die Wellen auflaufen am Sand
und in der Nordsee die Schiffe
unbeweglich vor ihrer schaumweißen Spur.
So, wie ein Rochen schwebt in der Tiefe
des Meers, so glitt ich lautlos,
kaum einen Flügel rührend,
hoch über die Erde hin,
über die Mündung des Rheins
und folgte stromaufwärts
der Straße des schwer und bitter
gewordenen Wassers. Die Städte,
phosphoreszierend am Ufer,
die glosenden Werke der Industrie,
unter den Rauchfahnen wartend
gleich Ozeanriesen auf das Dröhnen
des Horns, die zuckenden Lichter
der Eisen- und Autobahnen, das Murmeln

der millionenfach sich vermehrenden Muscheln,
Asseln und Egel, die kalte Fäulnis,
das Ächzen in den felsigen Rippen,
der Quecksilberschein, die Wolken,
durch die Türme von Frankfurt jagend,
die zerdehnte und die beschleunigte Zeit,
dies ging alles mir durch die Sinne
und war dem End schon so nah,
daß jeder Hauch das Gesicht
erschauern machte. Eine Brandung,
rauschten die Bergeichen an den Hängen
des Odenwalds, und dann war da eine Wüste
und Ödnis, durch deren Täler
der Wind den Staub trieb
der Steine. Ein zweimal geschliffenes
Schwert trennte von der Erde
den Himmel, es floß ein Leuchten
herein in den Raum, und das Ziel
meines Ausflugs, die Vision
Altdorfers, tat sich auf.
Weit über hunderttausend,
verkünden die Inschriften,
zählen die Toten, über denen
die Schlacht wogt zur Errettung
des Abendlands in den Strahlen
einer versinkenden Sonne.
Eben wendet sich das Geschick.
Im Zentrum des grandiosen Getümmels
der Banner und Fahnen, Lanzen und
Spieße und Stangen, der kürassierten

Leiber der Menschen und Tiere,
Alexander, der Held der westlichen
Welt auf seinem Schimmel,
und vor ihm auf der Flucht,
in die Richtung der Sichel des Mondes,
Darius, den Ausdruck des hellen
Entsetzens im Antlitz. Als glücklich
beschrieb der kluge Kaplan,
der einen Öldruck des Schlachtbilds
neben der Tafel aufgehängt hatte,
diesen Ausgang der Dinge. Er sei,
sagte er, eine Demonstration
der notwendigen Vernichtung aller
aus dem Osten heraufkommenden Horden
und also ein Beitrag zur Geschichte des Heils.
Seither hab ich bei einem andern
Lehrer gelesen, wir hätten den Tod vor uns,
so etwa wie im Schulzimmer an der Wand
ein Bild der Alexanderschlacht.
Ich weiß jetzt, wie mit dem Aug
eines Kranichs überblickt man
sein weites Gebiet, wahrhaftig
ein asiatisches Schauspiel,
und lernt langsam an der Winzigkeit
der Figuren und der unbegreiflichen
Schönheit der Natur, die sie überwölbt,
jene Seite des Lebens zu sehen,
die man vorher nicht sah. Wir blicken
über die Schlacht hin und sehen,
von Norden nach Süden schauend,

sehn wir ein Lager mit weißen
persischen Zelten im Abendglanz liegen
und eine Stadt an der Küste.
Draußen mit geschwellten Segeln
fahren die Schiffe, und die Schatten
rühren bereits an Zypern, und jenseits
dehnt das Festland Ägyptens sich aus.
Das Nildelta ist zu erkennen,
die Halbinsel Sinai, das rote Meer
und weiter noch in der Ferne
das im schwindenden Licht sich
auftürmende Schnee- und Eisgebirge
des fremden, unerforschten und
afrikanischen Kontinents.

Inhalt

W. G. Sebald

Die Ringe des Saturn

Eine englische Wallfahrt

Band 13655

Ein Reisebericht besonderer Art. Zu Fuß ist Sebald in der englischen Grafschaft Suffolk unterwegs, einem nur dünn besiedelten Landstrich an der englischen Ostküste. Im August, ein Monat, der seit altersher unter dem Einfluß des Saturn stehen soll, wandert Sebald durch die violette Heidelandschaft, besichtigt verfallene Landschlösser, spricht mit alten Gutsbesitzern und stößt auf seinem Weg immer wieder auf die Spuren oft wundersamer Geschichten. So erzählt er von den Glanzzeiten viktorianischer Schlösser, berichtet aus dem Leben Joseph Conrads, erinnert an die unglaubliche Liebe des Vicomte de Chateaubriand oder spürt dem europäischen Seidenhandel bis China nach. Mit klarer und präziser Sprache protokolliert er jedoch auch die stillen Katastrophen, die sich mit dem gewaltsamen Eingriff der Menschen in diesen abgelegenen Landstrich vollzogen. So verwandelt sich der Fußmarsch letztlich in einen Gang durch eine Verfallsgeschichte von Kultur und Natur, die Sebald mit einer faszinierenden Wahrnehmungsfähigkeit nachzeichnet. Und ganz nebenbei entsteht eine liebevolle Hommage an den Typus des englischen Exzentrikers.

Fischer Taschenbuch Verlag

fi 2138 / 2

W. G. Sebald

Die Ausgewanderten

Vier lange Erzählungen

Band 12056

Melancholische Erzählungen der Trauer und Erinnerung, über Entwurzelung, Verzweiflung und Tod – Sebald bewegt sich in seinem vielgerühmten Meisterwerk am »Rand der Finsternis«. Mit großem Feingefühl schildert er die Lebens- und Leidensgeschichten von vier aus der europäischen Heimat vertriebenen Juden, die im Alter an ihrer Untröstlichkeit zerbrechen. Indem er die Vergangenheit eines früheren Vermieters, eines ehemaligen Dorfschullehrers, eines Großonkels und eines befreundeten Malers zu rekonstruieren versucht, erzählt Sebald indirekt aber auch von sich selbst – von seinem Schmerz über das Schicksal dieser Menschen, von seiner Trauer über die deutsche Vergangenheit. Entstanden ist eine ganz einzigartige, poetische Prosa, geheimnisvoll verwoben und trotz aller Bezüge und raffinierten Verunsicherungsstrategien doch bedrückend klar.

W. G. Sebald

Unheimliche Heimat

Essays zur österreichischen Literatur

Band 12150

In neun Studien untersucht Sebald den Themenkomplex Heimat und Exil, der für die österreichische Literatur des 19. und 20. Jahrhunderts so charakteristisch ist. Seine Arbeiten setzen im frühen 19. Jahrhundert ein bei dem nur wenig bekannten Charles Sealsfield und schlagen den Bogen über die gleichfalls vernachlässigten Schtetlgeschichten Leopold Komperts, über den Wiener Fin-de-siècle-Literaten Peter Altenberg, über Franz Kafka, Joseph Roth bis hinein in die Gegenwart, die durch Jean Améry, Gerhard Roth und Peter Handke vertreten ist. All diesen Autoren ist gemeinsam, daß sie an der »Unheimlichkeit der Heimat« gelitten haben bzw. noch immer leiden. Behutsam macht Sebald deutlich, wie oft dieses Leiden an der Heimat sowie die vage Sehnsucht nach ihr für österreichische Autoren zum Thema, wenn nicht sogar Anlaß des Schreibens geworden sind.

Fischer Taschenbuch Verlag

fi 2210 / 4